Kaspar der Kutscher

Ludwig Aurbacher

Kaspar der Kutscher

oder: Wie gewonnen, so zerronnen

Kaspar, der Kutscher, trat eines Morgens in das Zimmer seines Herrn, des Grafen, und sagte, er bitte Seine Gnaden auf ein Jahr um Urlaub. Auf die Frage des Grafen: »Warum und wohin?« antwortete Kaspar: »Euer Gnaden müssen wissen, dass ich in der Lotterie 20.000 Gulden gewonnen habe. Und da ist's mir denn in den Sinn gekommen, ich möchte auch einmal einen großen Herrn spielen. Und so will ich mir denn vorerst eine Kutsche kaufen, mit einem Paar Rappen und einen Kutscher dingen, der mich und die Rosse bediene – und dann nach Wien in Österreich fahren und dort vollauf leben, solange der Beutel reicht. Und wenn's aus und gar ist, dann komm ich aber wieder und werde Euer Gnaden bitten, dass mich Euer Gnaden wieder in Ihren Dienst an- und aufnehmen.«

Der Graf schüttelte verwundert den Kopf und er wollte ihm seinen törichten Entschluss ausreden und ihn dazu bewegen, er solle Lieber das Geld auf Zinsen anlegen und sich sein Leben bequemer machen und für sein Alter sorgen. Aber Kaspar blieb fest bei seinem Entschluss und sagte, er sei einmal lang genug auf dem Bock gesessen. Er wolle es nun einmal versuchen, wie es sich sitze in der Kutsche selbst. Und der Herr Graf solle es ihm nicht für ungut nehmen.

Der Graf, als er sah, dass Kaspar sich nicht anders bereden lasse, gab ihm Urlaub – und da er ihn als eine ehrliche Haut kannte und ihn auch sonst wohl leiden mochte, so setzte er gnädig hinzu: Wenn er über Jahr und Tag wieder komme, so wolle er ihn wider in seinen Dienst nehmen.

Also fuhr nach einigen Tagen Kaspar, der Kutscher, in seinem eigenen Wagen ab und gen Wien zu. Als er dort angekommen, mietete er sich in einem der vornehmsten Gasthäuser ein, wo nur Grafen und Barone und reiche Kaufleute wohnen. Da hieß es denn immer: »Was schaffen Euer Gnaden?« – »Beliebt es Euer Gnaden?« – »Befehlen Euer Gnaden?« Und so meinte denn Kaspar zuletzt wirklich, er sei ein gemachter, vornehmer Herr und er aß und trank und lebte auch wie ein vornehmer Herr.

Die Bedienten im Hause aber merkten bald, wen sie vor sich hatten und sie mischten darnach ihr Spiel: »Euer Gnaden«, sagten sie, »sollten doch auch Partien machen, Gesellschaften geben, auf großem Fuße leben.« Das ließ sich Kaspar, der sich geschmeichelt fand, nicht zweimal sagen. Und es aßen und tranken und lebten nun zwanzig Menschen, wie vornehme Herren, auf seine Kosten in Hülle und Fülle.

Noch war nicht ein halbes Jahr verflossen, als schon die Hälfte des gewonnenen Geldes verprasst und verlumpt war. Das vornehme Leben war ihm ohnehin schon halb und halb verleidet. Kaspar fing nun an, über sich und seine Lage nachzudenken und beschloss, sich ein wenig einzuschränken, damit er nach Verlauf eines Jahres doch noch ein kleines Sümmchen übrig behielte für seine alten Tage.

Aber die lockeren Gesellen hatten ihn schon zu sehr in ihrem Netze gefangen, dass er ihnen nimmer so leicht auskommen konnte. Und da er selbst nicht mehr Haare lassen wollte, so kamen sie darauf, ihm auf andere Weise die Federn auszurupfen. Einmal wurden Seine Gnaden gebeten, Sie möchten dem und dem aus großer Not helfen und Geld borgen; was denn auch Seine Gnaden in der Milde Ihres Herzens taten.

Ein andermal wurden Seine Gnaden auch gelegentlich bestohlen; und da dies Seine Gnaden gar übel aufnahmen und Lärm machten und seinen Bedienten gar als Dieb bezeichneten, so wurde mit einer Klage gedroht, der er sich nur durch eine freiwillige Gabe einer nicht unbedeutenden Summe entzog. Und die Zechen selbst wurden mit jedem Monate in dem Maße größer, als sein Essen und Trinken und sein Appetit geringer wurde.

Endlich am Ende des elften Monats, da er sah, dass es mit seinem Gelde auf die Neige gehe, beschloss er, Wien zu verlassen und mit dem kleinen Reste seines Vermögens gemächlich und auf Umwegen in die Heimat zurückzukehren. Aber am Morgen, der zu seiner abreise bestimmt war, wurden ihm noch von seinem Kutscher, der ein Spitzbub war und er's mit den Übrigen gehalten hatte, eine Menge Scheine von angeblich nicht bezahlten Trinkgelagen außer dem Hause, falsche Rechnungen von Sattlern, Schmieden, Schneidern, Schustern und Kaufleuten gebracht, so dass er, um diese Schulden zu tilgen und um nicht, womit man ihm drohte, in Unannehmlichkeiten zu kommen, seinen Wagen und seine Rosse verkaufen musste. Der Erlös war so gering, dass er kaum so viel Gulden übrig behielt, als er Tausende gehabt hatte. Also trat er zu Fuß seine Rückreise an.

Nachdem er in der Stadt angekommen, wo sein Herr, der Graf, wohnte, ging er sogleich des andern Tags zu ihm hin, fröhlichen Mutes und in der sicheren Hoffnung, dass er werde bei demselben wieder einstehen dürfen. »Da bin ich wieder, Euer Gnaden«, sagte er beim Eintritt ins Zimmer, »ich, Kaspar, der Kutscher; und ich bitte

nun Euer Gnaden, dass mich Euer Gnaden wiederum in Dienst an-
und aufnehmen.«

»Nun, Kaspar, weil Er Wort gehalten, so will ich das meine auch
halten. Nun aber sage Er mir vorerst, wie ist's Ihm ergangen? Und
wie hat Ihm das Herrenleben gefallen?« Kaspar antwortete: »Das
Herrenleben, Euer Gnaden, ist eben kein herrliches Leben. Ich hab's
nun auch probiert und es reut mich just nicht. Aber zum Zweiten
Male möchte' ich es nicht mehr versuchen. Denn was kriegt man
zuletzt davon, als Finnen im Gesicht, Säure im Magen und einen
halben Schalk im Herzen. Das wird sich aber alles wieder machen,
wenn ich erst wieder in die Ordnung komme und zu den Rossen und
auf den Bock.«

Der Graf lachte und er sagte, er solle nur an seine Arbeit gehen, wie
vordem und seine Sache gut verrichten. Das tat er denn auch, und er
blieb bis an sein hohes Alter, wo ihm sein Herr eine gute Versorgung
ausgeworfen, Kaspar, der Kutscher.

Wie lustige Gesellen einen Müller foppen – und

wie er's ihnen eintränkt

Es kamen einstmals einige lustige Gesellen, die sich auf dem Wege
verirrt hatten, spät abends in einer einsam gelegenen Mühle an, wo
sie um Herberg nachsuchten. Der Müller, ein leutseliger Mann,
nahm sie freundlich auf und versah sie aufs Beste mit Brot, Käse und
Bier genug.

Also aßen und tranken sie bis in die späte Nacht hinein und trieben
dazu allerlei Kurzweil mit guten Schwänken, an denen auch der
Müller großen Gefallen hatte. Da konnte es denn nicht fehlen, dass
es zuletzt auch über die Müller herging, welchen freilich vieles Böse
nachgesagt wird, nicht mit Unrecht.

So fragte denn der Erste den Müller, ob er wohl wisse, was das
Beste sei in der Mühle? Der Müller antwortete: »Nun ja wohl, die

vollen Säcke.« »Nein«, sagte jener, »sondern, dass die Säcke nicht reden können; denn –« – »Schon gut«, sagte der Müller, »ich versteh' wo's hinaus will.« Ein Zweiter fragte den Müller, ob er wisse, warum die Störche auf keiner Mühle ihr Nest bauen? Der Müller sagte: »Nun ja, weil die klappernden Störche die klappenden Mühlen nicht leiden mögen.« – »Schlecht erraten«, sagte jener, »sondern weil die Störche wissen, dass nicht einmal ihre Eier vor den Müllern sicher sind.« – »Oho!«, sagte der Müller und lachte, »aufs Dach gehen wir doch nicht hinauf, solang es was zu fischen gibt in der Mühle.«

Ein Dritter nahm das Wort und sprach: »Welcher Müller versteht am besten sein Handwerk?« Der Müller sagte: »Wohl derjenige, der aus dem wenigsten Korn das meiste Mehl macht.« – »Mitnichten«, sagte jener, »sondern der das Korn und das Mehl so fein mahlt, dass die Leute kaum wieder die Säcke finden.«

Der Vierte sagte: »Ich verstehe auch etwas vom Handwerk und habe oft auf der Mühle zugeschaut, wie's da zugeht. Wenn man das erste Wasser in der Mühle anlässt, so geht sie anfangs gar langsam und sagt gleichsam: 'Wer ist er? Wer ist er?' Endlich, wenn das dritte Wasser dazukommt, so geht sie gar geschwind und antwortet: 'Der Müller, der Müller, der Müller.«

Es sagte darauf der Fünfte: »Wenn denn alle Müller Diebe sind, wie kommt es denn, dass man sie nicht alle aufhenkt, gleich andern Dieben?« – »Narr«, sagte der Sechste, »da würde ja das Handwerk in Abgang kommen und man kann es doch nicht missen.«

Zuletzt langte der Siebte seine Fiedel hervor und sprach: »Ich will dem Müller lieber eins aufgeigen«, und er sang:

»Müller, Müller, Metzendieb

hast die jungen Mädle lieb,

eile, Müller, schütte drauf,

gib der Mühle schnellen Lauf,

nimm fein recht das Beutelgeld,

dass kein Heller 'neben fällt.«

So ging's denn fort und die Gesellen hatten ihr Gespött mit dem Müller und der Müller machte auch kein schiefes Maul dazu. Er dachte aber bei sich: »Wartet, ich will's euch schon eintränken.«

Als die nun schlafen gehen wollten, sprach der Müller, er habe nur eine einzige Kammer leer, unter dem Taubenschlag droben – und zu der müsse man auf schlechte Stiege unter freiem Himmel hinaufsteigen. Den Gesellen war das gleichviel. Und sie brachen auf und stiegen die Staffeln hinan und sie merkten wohl, dass sie steil und schlecht seien zum Hals brechen.

Und als sie nun alle auf der Stiege standen – es war aber das große Wasserrad – so zog der Müller unversehens den Schluss auf, und hops, purzelte einer nach dem andern in die Gumpen hinab, wie Frösche, und sie zwatzelten und plätscherten drin herum wie Pudelhunde, die das schwimmen lernen.

Ertrunken ist jedoch keiner und das kalte Bad hat ihnen weiter auch nicht geschadet. De Müller sagte, es tue ihm leid, dass die Stiege eingebrochen und sie müssten nun schon in der Stube vorlieb nehmen. Das taten sie denn auch – und sie schliefen gar wohl.

Des andern Tages sahen sie nun freilich, was das für eine Bewandtnis gehabt habe mit der Stiege. Und der Müller sachte sie brav aus und sagte: »Da habt ihr nun ein Stücklein mehr zu erzählen von den Müllern.« Der Fiedler aber stimmte seine Geige, spielte ihnen was auf und sang:

»Die Mühlen, die klappen,
die Knappen, die schnappen,
die Beutel, die strotzen,
die Müller, die trotzen.«

Als sie endlich aufbrechen wollten und nach der Zeche fragten, sagte der Müller, sie hätten dieselbe schon gestern bezahlt. Sie sollten nur damit vorlieb und nichts für ungut nehmen. Also sind sie als gute Freunde voneinander gegangen.

Doktor Faust und Kaiser Maximilian

Einst war Kaiser Maximilian mit seiner ganzen Hofhaltung nach Innsbruck gekommen, um einige Zeit dort zu verweilen und sich von den Regierungsgeschäften auszuruhen. Doktor Faust aber war auch zugegen und stand wegen seiner Kunst und der Proben, die er früher davon hatte sehen lassen, bei Seiner Kaiserlichen Majestät in großer Gunst und hohem Ansehen.

Eines Abends, als der Kaiser das Nachtessen eingenommen hatte und in seinem Zimmer auf und ab spazierte, ließ er den Doktor allein zu sich kommen und sprach zu ihm: »Ich saß neulich in Gedanken und dachte darüber nach, wie meine Vorfahren so hoch in ihrer kaiserlichen Würde und Hoheit gestiegen und zu einem solchen Ansehen bei der Nachwelt gelangt sind, dass ich billig Sorge trage, ob die nachfolgenden Kaiser gleicher Ehre teilhaftig werden möchten. Aber was ist dieses alles gegen die Hoheit und das Glück

Alexanders des Großen gewesen, der fast die ganze Welt in kurzer Zeit erobert hat? Wie gern möchte ich den Geist dieses unüberwindlichen Helden, wie auch seiner schönen Gemahlin, wie sie im Leben gewesen, einmal mit eigenen Augen schauen!«

Doktor Faust wollte diesen Wunsch seinem kaiserlichen Herrn nicht abschlagen und antwortete daher nach kurzem Bedenken, er wolle dies alles ohne Betrug bewerkstelligen, nur bäte er Seine Kaiserliche Majestät, ja während der Zeit dieser Vorstellung nichts zu reden, was der Kaiser auch versprach. Alsbald begibt sich Faust vor das Gemach, erteilt seinem Diener Mephistopheles Befehl, jene Personen vorzustellen und kommt wieder herein. Darauf klopft er an die Türe.

Da tut sich diese von selbst auf, und herein schreitet der große Alexander, wiewohl nicht groß von Person, doch strengen Ansehens; dazu hatte er einen blonden Bart. Angetan mit einem kostbaren Panzer, machte er dem Kaiser eine Verbeugung. Dieser aber wollte sofort dem Herrn Bruder die Hand bieten und sprang deswegen von seinem Stuhle auf. Allein Faust trat eilig dazwischen und verhinderte es. Als nun Alexanders Geist wieder von dannen gegangen war, kam alsbald der Geist der Königin, seiner Gemahlin, herein. Diese machte ebenfalls vor dem Kaiser eine tiefe Verbeugung und war gekleidet in ein Gewand von himmelblauem Samt, welches über und über mit orientalischen Perlen besetzt war. Sie war dabei eine über alle Maßen schöne Frau, lieblichen Ansehens und holdseliger Gebärden, so dass sich der Kaiser über diesen Anblick herzlich freute und dem Doktor, nachdem auch diese wieder verschwunden war, für den hohen Genuss, den er ihm bereitet hatte, gar sehr dankte und den Schwarzkünstler mit einem ansehnlichen kaiserlichen Geschenke bedachte.

Weil dieses aber über alle Maßen reichlich war, wollte Faust sich dankbar erzeigen und seinem gütigen Herrn noch eine besondere Ergötzlichkeit verschaffen. Nachdem nämlich der Kaiser zur Ruhe gegangen war und sich in sein gewöhnliches Schlafgemach verfügt hatte, konnte er sich am frühen Morgen, als er erwachte, nicht besinnen, wo er war. Denn das Schlafgemach war durch Doktor Faust Kunst in einen schönen Saal verwandelt worden, wo gar viele herrlich grünende Bäume standen, unter andern auch solche, welche mit allerlei Obst behangen waren.

Der Boden des Saales war eine grüne Wiese, mit tausenderlei Blümlein geschmückt. Um das Lager des Kaisers aber standen noch edlere Bäume, wie Pomeranzen, Granaten und Feigen, auf dem Gesims waren die wohlriechendsten Blumen zu schauen, und an den Wänden hingen köstliche Weintrauben.

Durch solch eine unverhoffte Veränderung seines Schlafzimmers geriet der Kaiser, wie leicht zu glauben, in große Verwunderung – und weil es ihm außerordentlich gefiel, verblieb er etwas länger als sonst im Bette. Da vernahm er plötzlich den lieblichen Gesang der Nachtigall und anderer Singvögel, welche immer von einem Baume auf den andern hüpften. Auch sah er von ferne am Ende des Saals schneeweiße Kaninchen und junge Hasen laufen und bald darauf überzog das obere Tafelwerk ein Gewölk.

Während nun der Kaiser diesem allem begierig zusah, gedachten die Kammerdiener seiner und fragten sich, wie es doch kommen möge, dass ihr allergnädigster Herr so lange in seinem Gemache verweile, und fürchteten, es möchte ihm etwas Böses zugestoßen sein. Sie erkühnten sich deshalb, die Türe leise zu öffnen. Da trafen sie denn aber nicht allein ihren Herrn bei gutem Befinden an, sondern nahmen auch selbst all die Herrlichkeiten, wie sie der Schwarzkünstler mit seinem Diener hergerichtet hatte, wahr.

Der Kaiser ließ nun die Vornehmsten am Hohe zu sich berufen, welche sich ebenfalls ob der Zierlichkeit und Lustbarkeit des Saales nicht genug verwundern konnten. Allein nach etwa einer Stunde, und ehe sie sich dessen versahen, fingen die Blätter an den Bäumen sowie auch die Früchte und Blumen an welk zu werden und zu verdorren. Bald aber kam ein Wind zum Gemache herein, der alles mit einem Male hinwegwehte, so dass der ganze Zauber in einem Augenblicke vor ihren Augen verschwand und es ihnen nicht anders war, als hätten sie geträumt. Faust aber wurde auch für diese Kurzweil, woran der Kaiser sowie alle übrigen großes Wohlgefallen gehabt hatten, reichlich belohnt.

Hans, blas's Licht aus

In Frankfurt lebte ein Weinhändler namens Mauskopf, der hat die Kunst verstanden, von der Armut sich Reichtum zu verschaffen. Wenn er nämlich von einem Winzer hörte, dass es mit dessen Vermögen auf die Neige gehe und zur Vergantung, so war er flugs bei der Stelle, wie ein Rabe, der um Sterbende kreiset, des Aases gewärtig.

Einstmals aber hat er doch eine falsche Rechnung gemacht Ein Winzer an der Bergstraße, wo gute Wein wächst, war drum und dran, den Garaus zu machen. Dies hatte unser Mauskopf gehört, als er sogleich zu dem Manne eilte, um ihm den Rest von seinen Weinen abzuknicken. Der Winzer, wie er das Begehren vernommen, machte nicht viel Worte und Umstände, sondern sagte bloß zum nebenan stehenden Knecht: »Hans, zünds Licht an!« Und er führte dann sogleich den Weinhändler in seinen größtenteils schon ausgeleerten Keller, wo Kraut und Rüben, Schaufeln und Hacken, leere Fässer und Gestelle kunterbunt untereinander lagen, so dass sich die Besuchenden kümmerlich durchwinden mussten bis in den tiefsten Hintergrund, wo noch ein volles Fass stand.

Der Winzer gab dem Kaufmann stillschweigend ein Glas zu kosten und diese fand den Wein vortrefflich und hoffte somit, einen guten Fang zu machen. Auf die Frage, was das Ohm koste, nannte der Winzer einen Preis, einen äußerst billigen. Der trügerische Kaufmann aber, der Mauskopf, bot einen Schandpreis. Was tat nun der Winzer?

Der Volksfreund kannte einen Landsmann, einen ehrenwerten Leinwandhändler aus den Stauden. Wenn diesem ein Kaufherr einen Spottpreis der Art auf seine Ware schlug, so kehrte er sich um, stellte sich in die Stubenecke und – indem er die Hände faltete und die Daumen im Kreisel spielen ließ – murmelte er zwischen den Zähnen: »Zorn, komm morgen! Zorn, komm morgen! Zorn, komm morgen!«, ungefähr wie es Kaiser Augustus getan, der, um den aufbrausenden Zorn zu unterdrücken, das griechische Alphabet herzusagen pflegte.

Unser Winzer aber tat anders: er sagte bloß: »Hans, blas's Licht aus!«, und er durchzog drauf mit Hansen den ihm wohlbekannten Keller ohne Gefährdung und kümmerte sich um den Kaufmann nicht weiter mehr. Dieser aber hatte nun seine liebe Not, wie er in der Finsternis durch den Wirrwarr aus dem Keller kommen sollte. Jetzt stolperte e über einen Kraut- und Rübenhaufen, dann fiel er über ein leeres Fass oder ein Gestelle, drauf rannte er an die Wand und kam zuletzt mit hinkenden Beinen, mit geschundenen Händen und mit Beulen am Kopf kümmerlich aus dem verfluchten Kellerloch.

Der Winzer aber war inzwischen schon aufs Feld gegangen und Hans hielt dem Kaufmann an der Kutsche das Leitseil hin und die Geißel, nachdem er ihm noch, aus »Unachtsamkeit«, damit ins Gesicht geritzt. Also musste er unverrichteter Dinge abziehen. Seit der Zeit geht in Frankfurt das Sprichwort, wenn man einen schnöden Handel nicht eingehen will: »Hans, blas's Licht aus!«

König Bauer

Ein König, der keine Leibeserben hatte, verordnete in seinem Testamente, dass derjenige sein Nachfolger im Reiche sein sollte, welcher nach seinem erfolgten Hinscheiden am ersten zum Tore hereinkäme. Der Zufall traf's, dass dies ein schlichter Landmann war, der seines Gewerbes wegen die Stadt besuchte. Alsogleich umringte und ergriff ihn das Volk und führte ihn im Jubel zum Palast. Und der Mann wusste nicht, wie ihm geschah.

Dort angekommen, wurde er in ein Prunkzimmer geführt und mit kostbaren Kleidern angetan und mit dem Schwert umgürtet und mit Zepter und Krone geschmückt. Das war ihm recht. Darauf geleitete man ihn unter Trompeten und Paukenschall in einen reich verzierten großen Saal und man setzte ihn auf den Thron – und alle die, welche ihn umstanden, huldigten ihm in Ehrfurcht als ihrem König und Herrn. Das war ihm noch lieber.

Endlich brachte man ihn in den Speisesaal, wo die Tafel mit dem Kostbarsten gedeckt war, was man nur finden konnte an schmackhaften Speisen und Getränken aller Art. Das war ihm am allerliebsten. Und so hielt er denn Hof wie ein König und schlief zuletzt in einem schönen großen Gemache wie ein König.

Des andern Tages aber bekam die Sache eine andere Gestalt. Er sollte nun auch amtieren wie ein König. Und es standen auch schon frühmorgens, ehe er noch aufgewacht, des Reiches Beamten im Vorzimmer und ließen sich melden: Es möge Seine Majestät geruhen, ihre An- und Vorträge allergnädigst zu vernehmen.

Da deckte denn der eine viele Mängel in der Verwaltung des Staates auf und legte weitläufige Pläne vor zu Verbesserung derselben in den verschiedenen Zweigen. Der andere schilderte den schlechten Zustand der Finanzen und zeigte die Notwendigkeit, die Staatseinnahmen zu vermehren, ohne den Untertanen neue Lasten aufzuerlegen. Der dritte brachte Beschwerden und Bitten und Klagen und nichts als Klagen vor von Untertanen, die sich durch Lasten erdrückt, in ihren Rechten gekränkt, in ihrem Fortkommen gehindert hielten.

Und so kam einer nach dem andern, mit dem und jenem, und jeder wollte von Seiner Majestät Entscheidung und Unterschrift haben. König Bauer tat sein Möglichstes, wie er denn von gutem Verstande und noch besserem Wissen war. Aber was er da alles hören und tun musste, war ihm einmal zu viel und er wünschte sich in sein enges Stüblein zurück, wo ihm niemand zur Last gefallen.

Mittags schmeckte ihm das Essen nicht mehr recht, trotz allem Gesottenen und Gebratenen, zumal auch, da er vor und nach Tisch die Aufwartung vornehmer Herren und anderer Höflinge annehmen musste, deren Gesellschaft ihm zwar sehr glänzend deuchte, aber auch sehr langweilig. Und er sehnte sich abermals zurück an seinen ärmlichen Tisch, zum schwarzen Brote, das er mindestens in Ruhe und Frieden zu verzehren gewohnt war.

Nachmittags sollte große Heerschau sein derer, die sogleich in den Krieg ziehen mussten gegen einen trotzigen und mächtigen Nachbarn. Und König Bauer, indem er die Reihen der Krieger durchritte, bedachte bei sich den Tod und Verlust so vieler junger, kräftiger Männer und das Elend, das über Tausende hereinzubrechen drohte – und dass er, der König, die Verantwortlichkeit auf sich lade für das Blut, das vergossen und für all den Jammer, der verbreitet werden sollte. Und des abends legte er sich mit kummervollem Herzen nieder und wälzte sich in peinlicher Unruhe auf dem Lager umher und er konnte nicht schlafen.

O, wie wünschte er sich da zurück in sein stilles Kämmerlein, wo es ihm vergönnt war, obgleich auf hartem Lager, in erquickender Ruhe die Nächte zu verschlummern! Da war sein Entschluss gefasst. Des andern Morgens in aller Frühe ließ er sich seine Bauernkleidung vor sein Bett bringen, die er sogleich anzog – und als die Beamten sich melden ließen, trat er unter sie und sprach: »Sei König, wer da will; ich einmal will es nicht sein. Als Landmann habe ich bloß meine

Lasten zu tragen. Als König sollte ich des ganzen Volkes Lasten tragen. Drum sei König, wer da will!«

Mit diesen Worten verließ er den Palast und ließ sich seit der Zeit nicht mehr in der Stadt sehen. Das ist in fernen Landen und vor undenklichen Zeiten geschehen. In unsern Laden aber und zu unserer Zeit ist es freilich anders; da will fast jeder regieren und keiner gehorchen.

Seltsame Jagdpacht

Ein böser Streich, den man einem andern spielt, ist ein böser Streich – und wenn er gleich eine lustige Jacke trägt wie ein Hanswurst. Aber lachen muss man. Solch ein Stücklein erzählt man von einem Franzosen, der, wie der Leser merken wird, ein rechter Schalk war.

Der war bei einem Bauern im Quartier. Nachmittags, als er hinter dem Ofen lag – die Fliegen ließen ihm nicht Ruh und Rast – dachte er aus lange Weile daran, wie er seinem Wirte einen Possen spielen und ihm auf gute Manier einen dicken Taler oder zwei aus der Tasche praktizieren könnte. Auf böse Einfälle kommt man leichter, als auf gute, absonderlich beim Müßiggang.

Nun sagte er zum Bauern: »Wirt, ick will dir abkauf die Fliegen in der Stube.« Der Bauer meinte, der Soldat wolle ihn foppen und sagte, er gebe sie ihm umsonst und er solle sie nur alle totschlagen, es geschehe ihm damit ein Gefallen. »Nein«, sagte der Soldat, »umsonst ick nit mag, aber ick will kaufen sie, wenn sie will, um einen dicken Taler.«

Der Bauer dachte sich: »Ist der Soldat ein Narr, so ist er's in meinem Sack«, und sagte, wenn er so wolle, ihm sei's ganz recht. Der Soldat gab ihm den Taler und der Bauer stecke ihn lachend ein. Er hatte aber bald Ursache, mehr zu weinen als zu lachen.

Denn der Soldat holte jetzt seine Muskete hinter dem Ofen hervor, lud sie mit Schrot und schoss, mir nichts dir nichts, auf das Getäfel, wo die meisten Fliegen hockten, dass es krachte und die Fenster davon erklirrten. »Um Himmels Willen, was macht Ihr?«, rief der erschrockene Bauer. »Ich schieß tot die Fliegen, die ick hab Euch abgekauft«, sagte der Franzose ganz ernsthaft, als ob sich das so von selbst verstünde – und er lud wiederum und legte nochmals an.

Da fiel der Bauer ihm in die Arme und auf die Knie und bat ihn bei allen Heiligen, er solle doch sein Haus verschonen und ihn nicht unglücklich machen. Der Soldat gab ihm zu verstehen: Solle er auf sein Recht Verzicht leisten, so müsse er Entschädigung haben und Gewinn obendrein – und er verlangte noch mal so viel, als er dem Bauern gegeben hatte.

Dem mochte es lieb sein oder nicht, er musste sich den Handel gefallen lassen und bezahlen was jener wollte. Und so merkte er denn zu spät, dass der Franzose kein Narr sei, oder wenn auch ein Narr, doch in seinen Sack.

Lustig ist der Streich – und man muss lachen. Aber der redliche Leser denkt sich dabei: »Ein Filou war er doch, der Franzose«, und ich denk's auch.

Der Hahn im Korb

Zur Zeit, da es noch Sitte war, Narren zu halten an den Höfen, hatte ein Fürst einen solchen Schalk, der wegen seiner lustigen Streiche und gescheiten Einfälle bekannt und beliebt war.

Eines Mittags, da man zur Tafel ging, aber der Narr noch fehlte, sagte der Fürst zu den eingeladenen Herren, um den Narren mit guter Art züchtigen zu können, habe er einen Schwank im Sinne. Es sollte jeder von ihnen ein Ei zu sich stecken und wenn er's befehle, herfürlangen.

Als sie nun sämtlich bei Tafel saßen und die Reden durcheinander liefen und überlaut wurden, rief der Fürst, scheinbar vor Unmut: »Das gackert und gluckt ja, als wenn ein Hennenvolk beisammen wäre! Nun will ich aber auch die Eier sehen, die gelegt werden, geschwind!« Und er wandte sich zum Nächsten, der neben ihm saß.

Der duckte und schmuckte sich alsogleich und druckte und legte das Ei vor sich auf den Tisch. Desgleichen taten der andere, der dritte, die übrigen, so wie die Reihe an sie kam. Zuletzt war's am Narren, dass er ein Ei legen sollte.

Der aber erhob sich auf seinem Sitz und schlug mit den Armen, als wie mit Flügeln und schrie: »Kikeriki!« – »Was will das?«, fragte der Fürst. »Ei«, antwortete der Narr, »da, wo so viele Hennen sind, muss ja doch wohl auch ein Hahn sein.« Dieser Einfall ergötzte den Herrn und der Narr entging nicht nur der zugedachten Züchtigung, sondern verblieb auch, was er bisher gewesen, der Hahn im Korb.

Ei, so lüg!

Die Nachbarn saßen am Sonntagabend im Gasthause zusammen, und der Schmied, der die letzten Kriege mitgemacht hatte, erzählte ein Langes und Breites von seinen Feldzügen, und sie hörten ihm gern zu, obgleich er mitunter log, dass die Balken hätten krachen mögen; denn es war etwas Neues. Unter anderem erzählte er ihnen ein Stücklein aus dem Feldzuge in Rußland.

»Eines Tages«, sagte er, »musste ich weit über Feld reiten, um zu sehen, wo die feindlichen Posten stünden. Es hatte unmenschlich geschneit und ich fiel oft so tief hinein, dass ich mit genauer Not die Ohren meines Pferdes aus dem Schnee hervorgucken sah. Endlich komme ich an eine finstere Höhle.

Ich konnte nicht rechts, nicht links ausweichen – ich musste hinein. Ich reite in der Finsternis fort. Nun wird's wieder hell. Ich komme heraus und sehe, dass ich in einen Fluss geritten bin, in dem aber kein Tropfen Wasser mehr war. Der Frost hatte das Wasser in die Höhe gehoben – und das war über mir zu einer dicken Eierkruste zusammengefroren.« – »Ei, so lüg!«, riefen die Nachbarn alle, bis auf den Amtmann.

»Nun«, sagte dieser, »ich möchte es doch nicht sogleich für gelogen halten, weil oft eine Erzählung wie eine Lüge klingt und ist doch keine.« – »Gib ein Exempel, Alter«, riefen die Bauern. »Das will ich tun. Ihr kennt doch alle den Gemeindebackofen unten am Dorf? Es werden nunmehr fünf Jahre sein, dass nicht mehr darin gebacken wird, weil der hintere Teil ziemlich zusammengefallen ist. Es ist jammerschade, dass ihn die Gemeinde, nicht wieder herstellen lässt. Wie ich noch ein kleiner Bube war, spielten wir immer Verstecken in dem Backofenhaus. Fünf Jahre sage ich, sind's seit er nicht mehr geheizt war. Gestern will ich daran vorbei, bleibe stehen und habe so meine wehmütigen Gedanken über das Zusammenfallen aller menschlichen Dinge und Backöfen. Ich weiß nicht warum, ich greife in Gedanken in die Öffnung des Ofens und – Ihr mögt es glauben oder nicht – es brennt mich an die Finger.« – »Ei, so lüg!«, riefen die Nachbarn alle, bis auf den Schulmeister.

»Nun, nun, da könnte ich doch was Ähnliches aus meiner Praxis erzählen«, sagte der Bader. »Eine kranke Frau war unwissenden Quacksalbern in die Hände gefallen, die ihr Theriak und anderen Quark in Menge eingaben. Die Frau wurde immer kränker und beschloss, nun keinen Tropfen mehr zu gebrauchen. Fünf Jahre, ebenso lange, wie der Backofen nicht mehr geheizt worden, hielt sie Wort und keine Arznei kam in dieser Zeit mehr über ihre Zunge. Da sie aber immer elender wurde, so ließ sie mich endlich rufen. Ich merkte gleich, wo der Hund begraben lag. 'Die falschen Mittel müssen erst hinaus,' dachte ich – und gab ihr ein tüchtiges Brechmittel. Was geschieht? Die Frau erbricht sich fürchterlich und gibt den Theriak und den andern Quark wieder von sich und wird von der Stunde an frisch und gesund.«

»Ei, so lüg! Ei, so lüg!«, riefen die Nachbarn alle, samt dem Amtmann und dem Schulmeister. »Hör, Nachbar Bader«, sagte der Schulmeister, »an dir ist man das Aufschneiden gewohnt und setz dich nur gleich hin zu dem, der sechs Stunden unter dem Eis fortgelaufen ist. Aber du, Amtmann, wie ist's mit dem Backofen? Du hast gesagt, deine Erzählung würde wie eine Lüge klingen, wäre aber keine. Hat es dich wirklich nach fünf Jahren an die Finger gebrannt?« – »Wie ich euch gesagt, es hat mich wirklich gebrannt. Es sind Brenn-Nesseln im Backofen gewachsen.«

Die Meisterproben

Ein Mann hatte drei Söhne. Als sie zu Jahren gekommen waren, schickte er sie in die Lehre zu drei der geschicktesten Meister. Der eine sollte ein Schmied werden, der andere ein Schütz, der dritte ein Heilkünstler. Nach Verlauf der Lehrzeit berief er sie nach Hause, um zu erfahren, ob sie auch rechtschaffene Künstler geworden. Und als er dessen gewiss war nach abgelegten Proben, führte er sie gen Hof zum König und bot ihm ihre Dienste an.

Es war dem Manne aber inzwischen noch ein vierter Knabe geboren worden, ein Nestquak, von schwächlichem Körper, aber, wie sich's später zeigte, von überaus feinem Verstande. Der war der Liebling der Mutter, dem sie alles zusteckte, und wen er eben nichts kriegte, so stahl er's meisterlich.

Als nun die drei Brüder mit dem Vater nach Hofe zogen, bat er die Mutter, sie möchte auch ihn dahin führen, damit er des Königs Staat sehen könne. Das tat die Mutter, ohne Vorwissen des Vaters.

Die drei Brüder wurden vom König gnädig aufgenommen und er gedachte, ihnen sogleich Proben vorzulegen, in denen sie ihre Meisterschaft erweisen könnten. Um ersten sollte der Schmied ein Schwalbennest machen, so künstlich und zugleich natürlich, dass Schwalben darin nisten möchten. Der Schmied verfertigte alsbald das Nest. Und siehe – nach wenigen Tagen saß eine Schwalbe im Neste und brütete über den drei Eilein, die sie gelegt. Darob hatte der König große Freude und er ernannte den Schmied sogleich zu seinem Obersthofmeister.

Nun kam die Reihe an den Schützen und an den Heilkünstler. Diesen gab der König auf, dass jener die drei Eier durchschießen sollte in einem Schuss, und dass dieser die dann verwundeten Küchlein wieder heilen sollte. Sie sagten, sie wollten das tun. Aber der Heilkünstler verlangte, dass die Eier aus dem Neste geholt und dann wieder darein gelegt werden, ohne dass es die Schwalbe, die Mutter, merke. Denn, sagte er, wenn die Mutter aus dem Nest flöge, so würden die Küchlein keine Wärme mehr haben und zugrunde gehen.

Der König ließ also verkünden: Wer die drei Eier aus dem Neste nehmen und sie dann wieder dareinlegen könnte, ohne dass es die Schwalbe, die Mutter, merkte, der sollte vor allen belohnt und geehrt werden. Da trat Hänslein, das Muttersöhnlein, vor den König, und sagte: »Ich will das tun.« Und er kletterte ans Dach hinauf, wo das Schwalbennest hing, und stahl die Eier so meisterlich aus dem Neste, dass die Schwalbe nichts merkte, sondern ruhig sitzen blieb.

Der König legte dann die Eier vor den Schützen hin, doch so, dass das dritte und letzte nicht in gleicher Linie, sondern seitwärts zu liegen kam. Der Schütze schoss von weiter Ferne, und siehe – alle Eier waren mittendurch getroffen von dem spitzen Pfeile, der, vom nächsten Baume zurückprallend, auch das dritte durchbohrte. Darüber war alles Volk erstaunt und der König machte ihn sogleich zu seinem Oberstjägermeister.

Nun machte sich aber der Heilkünstler alsbald daran, die verwundeten Küchlein zu heilen. Und er tat es auf so geschickte Art, dass sich die Küchlein im Ei unruhig bewegten, als wären sie zur Unzeit aus dem Schlafe geweckt worden. Da sprach der König zum Heilkünstler: »Du sollst mein Leibarzt und Geheimer Rat sein auf immerdar.

Jetzt tat sich Hänslein wieder hervor und nahm die Eier und legte sie der Schwalbe, die noch am Orte saß, also meisterlich unter, dass sie nichts merkte, sondern sitzen blieb und fort brütete, als wäre nichts vorgegangen. Ob diesem Stücklein wunderte sich der König noch mehr, als über die andern und er ernannte Hänslein zu seinem Oberstkämmerer und Hausmaier.

Auch hatte er später alle Ursache, mit seiner Wahl zufrieden zu sein. Denn wenn der Schmied ihm das schönste und beste Kriegs- und Hausgeräte verfertigte und der Schütze reichliches und schmackhaftes Wildbret in seine Küche lieferte und der Heilkünstler ihn immer bei gutem Appetit und bei heiler Haut erhielt, so tat Hänslein, der Hausmaier, doch ungleich mehr: Er stahl dem Nachbarn eine Krone nach der andern, so dass sein Herr ein König vieler Reiche wurde. Zuletzt aber schob sich Hänslein selbst eine Krone in die Tasche, und er ward und hieß von nun an: Hans der König.

Faust zaubert Wein aus dem Tisch

Ein Stadtjunker zu Erfurt, bei dem sich Doktor Faust oft aufhielt, beging einst seinen Namenstag, wozu er etliche gute Freunde, allesamt Gönner Fausts, berufen hatte. Dieser selbst aber war gerade nach Prag verreist.

Sie waren nun recht lustig bis und die späte Nacht und wünschten alle nichts sehnlicher, als dass auch ihr guter Freund Faust gegenwärtig wäre, dann wollten sie noch viel fröhlicher sein. Einer aber unter ihnen nahm ein Glas mit Wein, hielt es in die Höhe und rief: »O du guter Gesell Faust, weil du für diesmal nicht hier sein kannst, so will ich dir dieses zur Gesundheit bringen. Kann es aber sein, so komm zu uns und säume dich dicht!« Damit trank er das Glas aus.

Nach etwa einer Viertelstunde pochte jemand gar stark an die Haustür. Schnell liefen sie hin und sahen Doktor Faust vom Pferde steigen. Freudig empfingen sie ihn und verlangten vor allem zu wissen, wie er doch so bald von Prag zurückgekehrt sei. Er aber antwortete: »Weil mich die sämtlichen Freunde so sehr herbeigewünscht, hab' ich ihnen willfahren wollen, wiewohl ich nicht lang verbleiben kann. Denn bei anbrechendem Tag muss ich wieder zu Prag sein.« Darüber wunderten sich alle nicht wenig, waren aber weiter fröhlich und guten Mutes.

Hierbei wollte nun auch Doktor Faust das Seinige tun und fragte die Gäste, ob sie nicht auch einmal von fremden Weinen einen Trunk versuchen möchten, es sei gleich, ob Rheinwein, Malvasier, spanischen oder Franzwein; worauf sie mit lachendem Munde sprachen: »Ja, ja, die sind alle gut!«

Sogleich forderte Doktor Faust einen Bohrer und fing an, auf die Seiten des Tischblattes vier Löcher zu bohren, verstopfte sie mit vier Zäpflein und hieß Gläser herbringen. Alsdann zog er ein Zäpflein nach dem andern heraus – da sprangen die genannten Weine hervor in die Gläser. Darüber erstaunten die Gäste höchlich, versuchten auch die Weine und tranken sie auf Versichern Fausts, dass es natürliche Weine seien, mit großem Behagen. Mit solcher Kurzweil brachten sie die Nacht hin, bis der frühe Morgen bald anzubrechen begann.

Da tat Fausts Pferd einen hellen, lauten Schrei, dass man es im ganzen Hause hören mochte. »Ich bin zitiert«, sagte alsbald Doktor

Faust, »ich muss fort.« Dann nahm er Abschied von allen und schwang sich mit seinem Pferde – es war aber in Wirklichkeit der Geist Mephistopheles – in die Luft, dass die andern, die ihm nachsahen, in bald aus dem Gesichte verloren. Und er kam noch bei frühem Tag wieder in der Stadt Prag an.

Doktor Faust in Auerbachs Keller

Damals studierten in Wittenberg einige polnische Herren von Adel, welche mit Doktor Faust viel verkehrten und gute Freundschaft hielten. Nun war gerade die Leipziger Messe und sie verlangten sehr, dieselbe einmal zu besuchen, teils weil sie von ihr so viel gehört hatten, teils weil etliche gedachten, allda von ihren Landsleuten Geld zu erheben. Sie baten daher den Doktor, er möge sie durch seine Kunst, mit der er schon so manches zuwege gebracht habe, so schnell wie möglich dahin führen.

Doktor Faust wollte sie keine Fehlbitte tun lassen und bewirkte, dass des andern Tags vor der Stadt ein mit vier Pferden bespannter Reisewagen stand, in welchen sie sich getrost setzten, worauf sie in schnellem Laufe davonfuhren.

Kaum aber hatten sie eine Viertelstunde Wegs hinter sich, da bemerkten sie zu ihrer großen Verwunderung die Türme Leipzigs – und während sie sich noch erstaunt darüber unterhielten, fuhren sie schon in die Tore der Stadt ein.

Folgenden Tages besahen sie die Stadt, verwunderten sich über die Kostbarkeiten der Kaufmannschaft, besorgten ihre Geschäfte, und als sie wieder nach ihrem Wirtshause gingen, sahen sie, wie nahe am

Markte mehrere Wein- und Bierschröter ein Fass Wein, sieben oder acht Eimer enthaltend, aus einem Weinkeller, der noch heutzutage als »Auerbachs Keller« allbekannt ist, herausbringen wollten. Die vermochten es aber nicht zu heben, wie sehr sie sich auch bemühten – und eine große Menge Volks hatte sich versammelt, um der Sache zuzusehen. Auch Doktor Faust und seine Gesellen standen still.

Da rief Faust, der auch hier durch seine Kunst bekannt werden wollte, fast höhnisch den Schrötern zu: »Wie stellt ihr euch doch so ungeschickt an! Ihr seid euer so viel und könnt ein solches Fass nicht zwingen? Ich meine, dass es einer allein verrichten könnte, wenn er sich recht dazu schicken wollte.« Die Schröter waren über solche Rede sehr ungehalten, warfen, weil sie ihn nicht kannten, mit herben Worten um sich und riefen unter andrem, wenn es er besser verstünde als sie, ein solches Fass zu heben und aus dem Keller zu bringen, so solle er es in des Teufels Namen tun.

Während sie aber so miteinander streiten, kommt der Herr des Weinkellers herbei, vernimmt die Sache, und dass der eine gesagt, es könne das Fass wohl einer allein aus dem Keller bringen. Da geriet dieser in hellen Zorn und sprach zu Faust und seinen Begleitern: »Wohlan, weil ihr denn so starke Riesen seid, so verspreche ich hiermit, dass der von euch, welcher das Fass allein herauf und aus dem Keller schafft, es mitsamt dem Inhalte behalten soll.«

Doktor Faust aber war nicht faul – und weil eben noch etliche Studenten dazugekommen waren, rief er diese zu Zeugen dessen an, was der Weinherr versprochen hatte. Ging dann hinab in den Keller, setzte sich recht breit auf das Fass, wie auf einen Bock, und ritt sozusagen dasselbe zu jedermanns Verwundern herauf. Am meisten aber erschrak der Weinherr darüber und obgleich er vorgab, dass dies nicht natürlich zuginge, musste er doch sein Versprechen halten.

Also überließ er das Fass mit dem Weine dem Doktor Faust, der es nunmehr seinen Gesellen sowie den Studenten, die ihm als Zeugen gedient hatten, zum Besten gab. Diese ließen es in das Wirtshaus schaffen, luden noch mehr gute Freunde dazu und machten sich etliche Tage davon lustig, so lange, bis kein Tropfen Wein mehr darinnen war.

Die Rätsel

Es saßen eines Tags im Wirtshause »Zum goldenen Kreuz« etliche Handwerksburschen an einem Tische und zechten lustig zusammen. Da kam auch ein Schneiderlein in die Zechstube, dem man's aber ansah, dass er sein Handwerk nicht leidenschaftlich treibe, denn er hatte einen alten abgeschabten Rock an, welchen er wohl auf einem Tändelmarkt gekauft haben mochte; und die übrige Kleidung passte ganz gut dazu.

Der setzte sich ohne Umstände an den Tisch zu den Gesellen und er langte seinen Beutel heraus und verlangte von der Kellnerin um das Geld, das e drinnen hatte, eine Maß Bier und um zwei Kreuzer Brot; tut sechs Kreuzer. Die Burschen sahen sich einander an, als wollten sie sagen: »Der steht uns nicht an und wir wollen ihn vom Tisch vertreiben.« Sie verabredeten sich und schlugen vor: sie sollten sich der Reihe nach Rätsel aufgeben und wessen Rätsel aber nicht erraten würde, dem falle das eingelegte Geld zu. Und, sagten sie, wer nicht daran teil nehme, de sei nicht ihr guter Kamerad und müsste vom Zechtisch weg.

Die Schelme dachten, das Schneiderlein, in dessen Beutel es ganz helle sei, werde sich sogleich auf und davon machen. Der aber sagte: »Mir auch recht«, und tat mit einem guten Schluck den Kameraden Bescheid. Der Bruder Danziger nahm zuerst das Wort und sagte: »Bruder Wiener, wie viel Wege gehen von andern Orten nach Wien?« Der Wiener antwortete: »Keiner, denn alle Wege muss man selber gehen, reiten oder fahren.« Jener musste einen Zwanziger in die Büchse legen.

Nun fragte der Bruder Wiener den Bruder Danziger:» Wenn man zu Danzig durch das Olivaer Tor hinausgeht, was ist an der rechten Hand?« Der Bruder Danziger sagte, er wisse das nicht, weil er nie zu jenem Tor hinaus gekommen sei. Da sagte das Schneiderlein: »Die fünf Finger sind an der Rechten Hand«, und der Wiener musste bezahlen. Nun kam die Reihe an den Bruder Schlesinger. Der sagte zum Schneider: »Weil du doch weißt, was fünf sei, so sag mir einmal: 'Wenn fünf Vögel auf einem Baum sitzen und der Jäger schießt einen herunter, wie viel bleiben?« – »Keiner«, antwortete der Schneider, »denn die übrigen fliegen davon.«

Man antwortete: »Wenn er Federn hätte, so würde man ihn rupfen«. Der Fünfte sagte: »Welche Speise kann man nicht essen?« Antwort: »Die Glockenspeise.« Der Sechste: »Was ist das beste am Salat?« Antwort: »Dass er sich biegen läßt, sonst könnte man ihn nicht ins Maul schieben.« Der Siebente fragte: »Warum läuft der Has über den Berg?« Antwort: »Wenn der Berg unten ein Loch hätte, so würde er durch das Loch laufen.«

Der Achte: »Wer sieht mehr, der ein, oder der zwei Augen hat?« Antwort: »Der nur ein Auge hat; denn dieser sieht an dem andern zwei Augen, der andere aber nur eines.« Der Neunte fragte: »Welches ist der mittlere Buchstabe im ABC?« Einer, nachdem er lange nachgezählt, antwortete: »Das N«. – »Nein«, sagte der Schneider: »Das B«. Der Neunte musste zahlen, wie die Vorhergehenden.

Der Zehnte fragte: »Wo sind die höchsten Berge?« Man sagte: »Wo die tiefsten Täler sind.« Der Elfte: »Welche Kerze brennt länger, eine Wachskerze oder eine Unschlittkerze?« Die Antwort war: »Keine brennt länger, sondern beide kürzer.«

Jetzt kam die Reihe an den Schneider. Die Schelme hatten das Ding insgeheim unter sich abgekartet, dass sie die Bußgelder unter sich wieder verteilen wollten und drum hatten sie sich lauter solche Rätsel aufgegeben, die der günstige Leser und jedermann weiß, der das Haus- oder Reisebüchlein von Odilo Schreger gelesen hat.

Der Schneider, dachten sie, werde sein Rätsel auch nicht weiter herholen, und wenn sie's errieten, hätten sie doch einen Zwanziger gefischt, der in die Zeche gehen sollte. Das Schneiderlein aber nahm, mir nichts dir nichts, die Büchse und steckte die Zwanziger ein. »Ihr erratet es doch nicht«, sagte er, »und ich möchte nicht, dass ihr euch den Kopf zerbrechet.«

Die Gesellen aber fuhren auf und verlangten das Geld heraus und das Rätsel. »Nun, weil ihr so wollt«, sagte der Schneider. »Was ist das? Das erste weiß ich allein; das zweite wisset ihr, aber ich nicht; das dritte ist sowohl mir als euch unbekannt.« Die Burschen dachten hin und her, aber keiner konnte es erraten. Da stand endlich das Schneiderlein auf, trank aus und wolle mit dem Geld fortgehen. Jene sagten, sie wollten sich gefangen geben, aber er solle ihnen das Rätsel auflösen.

Der Schneider sagte, er wolle das tun, es koste aber noch einen Zwanziger, damit das Dutzend voll wäre. Aus großer Neugierde willfahrten sie ihm. Da sagte der Schneider: »Dass meine Hosen zerrissen sind, das weiß ich, aber ihr nicht.« Und damit zeigte er's ihnen und sie fanden es so wie gesagt. Dann nahm er den Hut ab und sagte, als ob er betteln wolle: »Das andere weiß ich nicht, aber ihr: ob ihr mir nämlich wolltet Tuch zu einem Paar neuen Hosen verehren.« Die Gesellen mussten nun selbst lachen, sagten aber nein. »Und das dritte«, sagte der Schneider, »wissen wir alle nicht, ob, wenn ich auch Tuch dazu hätte, mein Meister sie mir umsonst wollte machen lassen.« Und mit diesen Worten ging er, sich höflichst verbeugend, zur Tür hinaus.

Der Bayerische Diogenes

Als eines Tages der Kurfürst von Bayern, Max III., sich mit der Wildschweinjagd belustigte, was ein gefährliches vergnügen ist, durchbrach ein angeschossener Eber die Bahn und rannte in voller Wut schnurstracks auf den Kurfürsten los, der am nächsten stand. Der Herr wäre ohne Zweifel zu Schaden oder gar ums Leben gekommen, wenn nicht ein Treiber, ein rüstiger und besonnener Landmann, Mut und Gegenwart des Geistes genug gehabt hätte.

Der lief flugs herbei, ergriff den Keiler bei einem seiner Hauer und riss ihn mit einem Riss linksum, so dass das wilde Tier rechtsum und gradaus fortrannte, wo es denn zuletzt von den nacheilenden Jägern vollends erlegt wurde. Der Mann aber hatte sich indes wieder unter dem Haufen der Treiber verloren – und die Sache wäre abgetan gewesen.

Allein Max, der Gütige, als er mittags im nahen Jagdschlosse das Mahl zu sich nehmen wollte, erkundigte sich angelegentlich nach dem braven Landmann und er befahl, dass man denselben aufsuchen und in das Schloss bringen sollte. Das geschah denn – und der Treiber erschien, in seiner zerrissenen Jacke, mit gebräuntem Gesicht und verworrenen Haaren, barfuß.

Als er in den Saal trat, wo der Kurfürst mit seinem Gefolge war, schob er das Hütlein seitwärts über das Ohr herab und blickte mit Scheu auf die Herren, die den Kurfürsten umstanden. Den Herrn selbst aber, der einfach gekleidet war, sah er nicht und es ward ihm unheimlich ums Herz.

Indessen trat der Kurfürst auf ihn zu und mit jener leutseligen Art, die guten Fürsten eigen ist, sagte er zum Manne: »Du hast mir heute das Leben gerettet. Ich danke dir. Nun aber bitte dir auch eine Gnade aus.«

Der Leser wird sich nun den Kopf zerbrechen, um welche Gnade der wackre Mensch den gütigen Kurfürsten gebeten habe. Einhundert bayerische Taler wäre schon etwas gewesen – und ein hübsches Sümmchen. Noch besser irgendein Dienst bei Hof, zum Beispiel der eines kurfürstlichen Ofenheizers oder Hundefütterers oder gar eines Hofstallers; lauter vornehme und einträgliche Bestallungen.

Nichts von alledem fiel unserem Land- und Landsmann ein, sondern er dachte sich ganz was anders; und er drehte dabei das Hütlein zwischen den Händen und lugte so vor sich hin und schwieg. Der gnädige Kurfürst wiederholte nun nochmals seine Worte und sagte noch lauter, er solle sich eine Gnade ausbitten.

Da tat nun endlich der Mann seinen Mund auf und sprach, indem er seine Augen wiederum über die Herren hinschweifen ließ: »Außi wär i gern.« Und ohne Urlaub abzuwarten, wendete er sich um und eilte fort, zu Tür und Tor hinaus.

Abends saß der Mann wieder in seiner Hütte und erlabte sich an schwarzem Brot bei einem Krug Bier und er dachte an Wald und an Hof und dass es dort nicht so unheimlich sei unter wilden Bären, als hier unter Herren. Und es war ihm kreuzwohl.

Da trat noch spät am Abend ein Jäger des Kurfürsten in die Stube und sagte: »Der gnädigste Kurfürst lässt dich grüßen – und das schickt er dir zum Dank, du weißt schon wofür.« Dabei gab er ihm eine Rolle bayerischer Taler. Der Mann sagte: »'s hätt's just nit braucht; aber annehmen tu' ich's; und ich lass mich schön bedanken.« Und er holte drauf ein Fläschlein Branntwein hervor, schenkte dem Jäger ein und trank mit ihm auf die Gesundheit des gnädigsten Landesvaters.

Doktor Faust

Die Eltern des weit berühmten Schwarzkünstlers Johannes Faust waren arme, fromme Bauersleute. Er hatte aber einen reichen, kinderlosen Vetter zu Wittenberg, der ihn an Kindes Statt aufzog und fleißig zur Schule anhielt, ihn auch später auf die hohe Schule zu Ingolstadt schickte.

Hier tat sich der junge Faust in Künsten und Wissenschaften trefflich hervor, so dass er in der Prüfung elf anderen Meistern der freien Künste vorgesetzt und selbst mit dem Magisterkäppchen geschmückt wurde.

Da er aber immer mehr zu wissen begehrte, so versuchte er, auf unerlaubte Weise in die Geheimnisse der Natur einzudringen und die dem Menschen gesetzten Schranken zu überschreiten. Nachdem er die Arzneikunst studiert hatte, erforschte er den Himmelslauf und kam endlich auf die Beschwörungen der Geister.

Darüber aber verbrauchte er all sein Hab und Gut – und als er noch in böse Gesellschaft geriet, schloss er zuletzt mit dem Teufel einen Vertrag ab, den er mit seinem Blute unterzeichnen musste. Danach sollte ihm vierundzwanzig Jahre lang ein höllischer Geist als Diener alle Wünsche erfüllen und alle Genüsse verschaffen. Nach Ablauf dieser Frist aber sollte er mit Leib und Seele dem Teufel gehören.

Alsbald fing er denn auch das herrlichste Leben von der Welt zu führen an und wurde ein berühmter und gefürchteter Zauberkünstler, von dessen Taten man sich noch lange nach seinem schrecklichen Ende erzählte.

Von den lustigen Stücken und Teufeleien, die er mit Hilfe seines dienstbaren Geistes Mephistopheles auf seinen Wanderungen durch die weite Welt hie und da vollführte, sind folgende am bekanntesten.

Ei, so beiß!

Ein Holzhacker hatte die Gewohnheit, dass er bei jedem Hiebe, den er tat, keuchend sagte: »Ei, so beiß!« Das hörte einmal der Graf, in dessen Wald er arbeitete. Der stellte ihn zur Rede, warum er denn immer sage: »Ei, so beiß!« Der Holzhacker antwortete: »Mit Verlaub, gnädiger Herr! Hätte Adam nicht in den Apfel gebissen, so stünde es mit uns armen Leuten besser und ich brauchte nicht im Schweiße meines Angesichts das wenige schwarze Brot zu verdienen, wie ich leider tun muss. Und darum zürne ich billigerweise auf den alten Sünder und sage unwillig: 'Ei, so beiß!'«.

Der Graf, der ein leutseliger Mann war, sagte zum Holzhacker: »Wäret Ihr an Adams Stelle gewesen, Ihr hättet wohl ebenso getan.« – »Strafe mich der Himmel, wenn ich nur daran denken könnte, so etwas zu tun!«, sagte der Holzhacker. »Vollauf zu haben im ganzen, großen, herrlichen Garten und nur sagen dürfen: 'Maul, was willst du?' Nein, Herr, da könnte mir gar nicht einfallen, von dem verbotenen Baume zu kosten!«

»Nun«, sagte der Graf, »weil Ihr denn so ein gar kluger, rechtschaffener Mann seid, so will ich Euch ein besseres Los bereiten, ein so gutes, als Ihr wünschen möget. Kommt mit mir, holt Euer Weib: Ich will Euch von nun an in meinem Schlosse also bewirten, dass Ihr es im Paradiese nicht besser haben möchtet.«

Und so ist es geschehen. Der Holzhacker und sein Weib wurden auf das Kostbarste gekleidet. Es wurden ihnen schön gezierte große Zimmer eingeräumt, wo sie bequem essen, schlafen und wohnen konnten. Und des Mittags setzte ihnen ein Diener, ein, zwei, drei, vier, fünf, sechs Schüsseln vor voll der feinsten, schmackhaftesten Speisen. Zuletzt, nachdem sie schon lange gesättigt waren, brachte ihnen der Diener noch eine siebente von gediegenem Silber mit schönen, goldenen Zierraten, die mit einem Deckel verschlossen war.

Diese setzte der Diener gleichfalls auf den Tisch, sagte aber, es sei des Herrn strengster Befehl, dass sie diese nicht öffnen, viel weniger davon kosten dürften. Der Mann erwiderte, sie hätten ohnehin schon genug, er solle sie nur gleich wieder forttragen. Das Weib aber wollte sie etwas näher betrachten und konnte nicht genug die

Zierrate bewundern, trug aber sonst kein Gelüste – und die Schüssel wurde wieder unberührt weggetragen.

Des andern Mittags wurde wieder die silberne, bedeckte Schüssel vom Diener gebracht und auf dem Tische zurückgelassen. Die Frau betrachtete sie mit noch größerem Wohlgefallen als gestern und auch der Mann schien Vergnügen zu haben an der wunderschönen Gestalt des Gefäßes. »Merkwürdig«, sagte die Frau, »was für eine Absicht doch der Graf damit haben mag? Um das Ding bloß zu unserer Lust zu betrachten, das kann's wohl nicht sein. Denn da dürften wir doch wohl hineinschauen.«

»Lass das Geschwätz«, sagte der Mann, »sei's was es sei. Du rührst's nicht an.« Und mit diesen Worten ging er vom Tische und legte sich aufs Polster. Die Schüssel wurde wieder unberührt abgetragen.

Bei all dieser Herrlichkeit war es kein Wunder, dass der Holzhacker seine Arbeit vergaß und den Adam und das »Ei, so beiß!« Und er war vollkommen zufrieden mit Gott und seinem gnädigen Herrn. Die Frau aber konnte fast die ganze folgende Nacht nicht schlafen. Die Schüssel ging ihr immer im Kopfe herum und sie träumte, es sei darin weiß Gott was Wunderschönes enthalten. Als daher Mittags die verbotene Schüssel wieder auf den Tisch kam, da konnte sie ihr gelüste nicht mehr zurückhalten. Sie erzählte ihrem Manne zuerst den Traum und schilderte ihm die Kostbarkeiten, die sie gesehen.

Dann meinte sie, sehen koste ja nicht und es sei keine Gefahr dabei, dass sie jemand bemerke. Endlich sagte sie, es solle nichts berührt und gar nichts genommen werden. Sie wolle nur den kostbaren Inhalt der Schüssel schauen.

Der Mann schüttelte anfangs den Kopf und sagte: »Nein!« Als sie aber wiederum von Neuem anfing und nicht aufhörte zu bitten und zu betteln, um wenigstens zu sehen, was darin sei – da, nachdem er sich überall umgesehen, ob niemand sie belauschte, gab er ihr nach und sagte: »In Kuckucks Namen, so lug, damit ich Ruhe habe!« Sie hob den Deckel und siehe da! Ein Mäuslein sprang heraus und davon und ins nächste Loch hinein.

Die beiden Leute sahen einander ganz erschrocken an – und wie sie noch stumm und still wie leblos dasaßen, kam der Graf herbei und fragte sie, was sie hätten. »Nichts!«, sagte die Frau zitternd. Der Herr, wohl merkend, was geschehen, nahm den Deckel auf und sagte: »Also habt ihr mein Verbot nicht geachtet?« – »Mein Weib da!«, sagte zornig der Mann. »Dein Weib«, versetzte der Herr, »ist eine Eva und du bist ein Adam. Lüsternheit hat Euch wie die Schlange unsere Stammeltern in Versuchung geführt, der ihr nicht habt widerstehen können. Darum sollt ihr büßen und gleich ihnen und wiederum das Brot im Schweiße Eures Angesichts essen.«

Und so mussten denn er und sie sogleich die kostbaren Kleider ablegen und die schöne Wohnung verlassen und zu ihrer Hütte und zu ihrer Arbeit zurückkehren. Seit der Zeit hat der Holzhacker nicht mehr auf den Adam, den alten Sünder, gezürnt und sein Leben lang nicht mehr gesagt: »Ei, so beiß!«

Der geprellte Rosstäuscher

Einmal spielte Faust einem Rosstäuscher auf einem Jahrmarkt übel mit. Denn er richtete sich durchs eine Kunst ein schönes, lichtbraunes Pferd zu, mit welchem er auf den Markt geritten kam. Schnell fanden sich viele Käufer zu dem Pferde, und weil es sehr stattlich aussah, so trieben sie einander hinauf, bis zuletzt Doktor Faust mit einem überein kam, der ihm vierzig Gulden bar bezahlte.

Ehe er aber das Geld an sich nahm, bat er den Rosstäuscher, er solle das Pferd die nächsten zwei Tage nicht in die Schwemme reiten. Das versprach ihn jener auch und ritt davon.

Unterwegs aber, da er an ein fließendes Wasser kam, fiel ihm ein, was doch sein Verkäufer mit seiner Bitte möchte gemeint haben. Er wollte es demnach versuchen und also den nächsten Weg durch's Wasser fortreiten. Als er aber in die Mitte des Wassers kam, siehe, da verschwand das Pferd. Der Rosstäuscher aber saß auf einem Büschel Stroh – und leicht hätte er noch in Gefahr geraten können.

Der Mann, der vor Erstaunen und Schrecken nicht wusste, wie ihm geschehen war, watete aus dem Wasser und lief spornstreichs zurück nach dem Wirtshause, wo vorher sein Verkäufer gegessen. Der Rosstäuscher, ganz ergrimmt, da er Fausten also liegen und schlafen sah, erwischte ihn beim Fuß und wollte ihn von der Bank herabziehen, damit er ihm sein Geld wiedergebe.

Da aber ging jenem der Schenkel ganz aus – und der Rosstäuscher fiel mit demselben rücklings in die Stube, worauf denn Doktor Faust Zetermordio zu schreiben anhub, dass die Leute herbeiliefen. Der Rosstäuscher aber rannte Hals über Kopf davon, nicht anders meinend, als hätte er Faust das Bein ausgerissen.

Der bestrafte Bauer

Eines Tages wanderte Faust zu Fuß der Stadt Braunschweig zu. Als er nun von ferne die Stadt erblickte, ward er gleich hinter sich eines Bauern gewahr, der mit einem leeren vierspännigen Wagen desselben Weges gefahren kam. Diesen sprach er mit guten Worten an, er solle ihn aufsitzen lassen, weil er sehr müde sei, und ihn bis an das Stadttor mitnehmcn.

Der grobe Bauer aber schlug es rund ab. Faust, dem es gar nicht ernst gewesen war mit dem Fahren, dachte bei sich: »Warte, du Grobian, ich will dich mit gleicher Münze bezahlen!« Alsobald sprach er etliche Worte, da sprangen die vier Räder zugleich vom Wagen und fuhren in die Luft hinweg. Gleichermaßen fielen auch die Pferde nieder, als wären sie vom Blitze getroffen, und regten sich nicht mehr.

Als der Bauer dies sah, erschrak er von Herzen, weinte und bat mit aufgehobenen Händen den Doktor Faust, er solle ihm Gnade erweisen. Er wisse wohl, dass e sich grob an ihm vergangen habe, er wolle es aber gewiss nicht mehr tun. Da sagte Faust: »Ja, du grober Gesell, tu hinfort keinem mehr, was du mir getan hat. So will ich diesmal deiner verschonen. Damit du aber nicht ganz leer ausgehst, so nimm das Erdreich unter deinen Rossen und wirf es auf sie!«

Der Bauer gehorchte – und alsobald richteten sich die Pferde wieder auf. »Aber«, fuhr Faust fort, »um deine Räder wieder zu bekommen, geh der Stadt zu. Bei den vier Toren wirst du je ein Rad finden.« Der Bauer brachte also den halben Tag zu, bis er seine Räder wieder bekam.

Von Recht und Freiheit

Mit Recht und Freiheit ist es etwas, und du magst dich drum manchmal wehren, und, falls es not tut, auch totschlagen lassen. Aber zu bedenken ist dabei, dass der Nachbar, sei's ein niederer oder höherer oder gleicher, auch sein Recht und seine Freiheit habe – und dass du Fremdes respektieren müsstest wie eigenes, zufolge dem Gebote: Liebe den Nächsten, wie dich selbst. Davon könnte ich dir Beispiele genug vorhalten aus der Weltgeschichte. Es tut's aber auch eine Stadt- und Hausgeschichte.

Ein Herr von Adel wohnte in einem Hause zur Miete im ersten Stock. Der war ein sonderlicher Liebhaber der Jagd – und wenn er des Tages zu Feld und Wald sich herumgetan mit den Hunden, so hielt er des Abends noch ein Nachspiel der Jagd in seinen Zimmern, die Hunde hetzend auf einen ausgestopften Hasen, um sie abzurichten. Das war denn ein Mordslärm.

Nun wohnte über ihm, im zweiten Stocke, ein gelehrter Herr, der auch jagte, aber nicht nach Wild, sondern nach Wissenschaft, welche Stille und Ruhe haben will. Der ließ seinen Herrn Nachbar höflich bedeuten, er möchte den Höllenspektakel einstellen, oder der Teufel solle ihn holen.

Worauf der edle Herr erwiderte: Er habe das Recht und die Freiheit, in seiner Wohnung zu tun, was er wolle. Was geschieht? Des andern Tages, als der Junker eben wieder seine Jagd hatte mit Hallo und Hussa – und die Hunde ihr Möglichstes taten mit Gebell und Geheul, da überraschte unsern Jagdliebhaber plötzlich ein Regen unter Dach und Fach.

»Was ist das?«, fragte er zuerst sich selbst, dann den Kammerdiener, dann den gelehrten Herrn droben im obern Stock. Der sagte, indem er ihm sein überschwemmtes Zimmer wies: »Herr, Sie jagen, wie ich höre, und ich, wie Sie sehen, fische. Was nun dem einen recht ist, das ist doch dem andern billig?«

Von der Zeit an stellte jener das Jagen ein, und dieser das Fischen im Hause, und beide wohnten fortan zusammen als freundschaftliche Nachbarn, unbeschadet ihres rechten Rechtes und ihrer wahren Freiheit.